Emn

D1003753

La momie de Pygmalion

**Illustrations de
Luc Chamberland**

Inspiré de la série télévisée *Kaboum*,
produite par Productions Pixcom inc.
et diffusée à Télé-Québec

la courte échelle

Les éditions de la courte échelle inc.
5243, boul. Saint-Laurent
Montréal (Québec) H2T 1S4
www.courteechelle.com

Révision:
Marie Pigeon Labrecque

Conception graphique de la couverture:
Elastik

Conception graphique de l'intérieur:
Émilie Beaudoin

Infographie:
Aurélie Roos

Coloriste:
Étienne Dufresne

Dépôt légal, 2e trimestre 2010
Bibliothèque nationale du Québec

Copyright © 2010 Les éditions de la courte échelle inc.
D'après la série télévisuelle intitulée *Kaboum* produite par Productions
Pixcom Inc., et télédiffusée par Télé-Québec.

La courte échelle reconnaît l'aide financière du gouvernement du Canada par
l'entremise du Programme d'aide au développement de l'industrie de l'édition
pour ses activités d'édition. La courte échelle est aussi inscrite au programme
de subvention globale du Conseil des Arts du Canada et reçoit l'appui du
gouvernement du Québec par l'intermédiaire de la SODEC.

La courte échelle bénéficie également du Programme de crédit d'impôt pour
l'édition de livres — Gestion SODEC — du gouvernement du Québec.

**Catalogage avant publication de Bibliothèque et Archives nationales du
Québec et Bibliothèque et Archives Canada**

Aquin, Emmanuel

Kaboum

(Série La maladie de Pénélope)
Sommaire: t. 22. La momie de Pygmalion.

Pour enfants de 6 ans et plus.

ISBN 978-2-89651-221-8 (v. 22)

I. Chamberland, Luc. II. Titre. III. Titre: La momie de Pygmalion.

PS8551.Q84K33 2007   jC843'.54   C2007-942059-1

PS9551.Q84K33 2007

Imprimé au Canada

Emmanuel Aquin

La momie de Pygmalion

**Illustrations de
Luc Chamberland**

la courte échelle

Les Karmadors et les Krashmals

Un jour, il y a plus de mille ans, une météorite s'est écrasée près d'un village viking. Les villageois ont alors entendu un grand bruit : *kaboum !* Le lendemain matin, ils ont remarqué que l'eau de pluie qui s'était accumulée dans le trou laissé par la météorite était devenue violette. Ils l'ont donc appelée... *l'eau de Kaboum.*

Ce liquide étrange avait la vertu de rendre les bons meilleurs et les méchants pires, ainsi que de donner des superpouvoirs. Au fil du temps, on a appelé les bons qui en buvaient les *Karmadors*, et les méchants, les *Krashmals*.

Au moment où commence notre histoire, il ne reste qu'une seule cruche d'eau de Kaboum, gardée précieusement par les Karmadors.

Le but ultime des Krashmals est de voler cette eau pour devenir invincibles. En attendant, ils tentent de dominer le monde en commettant des crimes en tous genres. Heureusement, les Karmadors sont là pour les en empêcher.

Les personnages du roman

Magma

Magma est un scientifique. Sa passion : travailler entouré
de fioles et d'éprouvettes. Ce Karmador grand et plutôt mince
préfère la ruse à la force. Lorsqu'il se concentre, Magma peut
chauffer n'importe quel métal jusqu'au point de fusion.

Gaïa

Gaïa est discrète comme une souris : petite,
mince, timide, elle fait tout pour être invisible. Son
costume de Karmadore comporte une cape verdâtre
qui lui permet de se camoufler dans la nature. Gaïa a un
don : grâce à ses antennes, elle peut dialoguer avec toutes les
espèces végétales.

Mistral

Mistral est un beau jeune homme aux cheveux blonds
et aux yeux bleus, fier comme un paon et sûr de lui. Son
pouvoir est son supersouffle, qui lui permet de créer un courant
d'air très puissant.

Lumina

Lumina est une Karmadore solitaire très jolie et très
coquette. Elle est capable de générer une grande
lumière dans la paume de sa main. Quand Lumina
tient la main de son frère jumeau, Mistral, la lumière émane de
ses yeux et s'intensifie au point de pouvoir aveugler une personne.

Xavier Cardinal

Xavier est plus fasciné par la lecture que par les sports. À huit ans, le frère de Mathilde est un rêveur, souvent dans la lune. Il est blond et a un œil vert et un œil marron (source de moqueries de la part de ses camarades à l'école). Xavier, qui est petit pour son âge, a hâte de grandir pour devenir enfin un superhéros, un pompier ou un astronaute.

Mathilde Cardinal

C'est la sœur aînée de Xavier et elle n'a peur de rien. À dix ans, Mathilde est un peu grande et maigre pour son âge. Sa chevelure rousse et ses taches de rousseur la complexent beaucoup. En tout temps, Mathilde porte au cou un médaillon qui lui a été donné par son père.

Pénélope Cardinal

Pénélope est la mère de Mathilde et de Xavier. Cette femme dans la quarantaine est frêle, a un teint pâle et une chevelure blanche. Elle est atteinte d'un mal inconnu qui la cloue dans un fauteuil roulant.

Nestor Brochu

Ce commerçant est un membre du clan du Castor. Il est très gentil et serviable, et comme les Karmadors lui ont souvent sauvé la vie, il n'hésite pas à aider la famille Cardinal quand celle-ci a besoin de lui. Il est le propriétaire du magasin Chez Castor.

Blizzard

Blizzard est une brute krashmale qui n'a pas froid aux yeux! Son pouvoir: lancer des jets de glace qui peuvent frigorifier ou même assommer ses adversaires. Après avoir été congelé dans un glacier au pôle Nord il y a 150 ans, il vient de se réveiller. Son but est de retrouver la cachette de l'eau de Kaboum, dont il a oublié l'emplacement.

Fiouze

Fiouze est un Krashmal poilu au dos voûté et aux membres allongés. Son pouvoir est unique: ses mains peuvent se détacher de son corps et courir toutes seules pour accomplir sa volonté. Autrefois, il était l'assistant de Shlaq, mais il travaille désormais pour Blizzard.

Selsia

Selsia est la cousine de Fiouze. Comme lui, cette Krashmale est couverte de poils et parle d'une drôle de façon. Elle a le don de voyance, qui lui permet de deviner l'avenir.

Zigzig

Zigzig est le cousin de Fiouze et de Selsia. C'est un Krashmal poilu très maigre qui a un pouvoir unique: lorsqu'il se met le pouce dans la bouche, il gonfle comme un ballon!

Résumé

Pénélope est gravement malade. Le seul remède qui pourrait la guérir est une très ancienne recette magique qu'on appelle la «Panacée». Les Sentinelles ont donc une double tâche: déchiffrer l'énigme de la recette et aller aux quatre coins du monde pour en trouver les ingrédients.

L'énigme de la recette de la Panacée: «Un Castor doit préparer la fleur de Borée avec des plumes de dodo. Puis, un éléphant poilu doit écraser avec sa patte des feuilles à treize pointes et la sève d'un oiseau d'Hadès. Ensuite, un serviteur du Mal doit donner des rognures de ses sabots, qu'il faut mélanger avec une pomme d'eau du matin. La mixture

13

doit chauffer dans un bol sacré le temps de trois méditations ancestrales, et être brassée par le bâton d'Hippocrate.»

De son côté, Fiouze a trouvé un Krashmal congelé dans un glacier près du pôle Nord. Il s'agit de Blizzard, un cow-boy du XIXe siècle qui a juré de se venger des Karmadors. Ensemble, ces Krashmals sont déterminés à empêcher la guérison de Pénélope.

Chapitre 1

Le soleil se lève sur la base des Sentinelles. Nestor Brochu est dans la cuisine,
en train de brasser doucement la Panacée... depuis douze heures déjà!

Les Karmadors lui ont tenu compagnie
toute la nuit. Mistral bâille en se servant
une autre tasse de café.

La minuterie se met à sonner. Fatigué
par son très long effort, Nestor soupire:

– Enfin, la recette est terminée! J'ai
le bras complètement endolori!

Nestor pose le pilon d'Hippocrate avec lequel il a mélangé la potion. Dans le grand bol posé devant lui, le liquide précieux a une couleur légèrement rougeâtre.

Mistral s'en approche pour en humer l'odeur:

— Ça sent le thé de ma tante Berthe!

Magma sourit:

— Mille mercis, Nestor. Nous allons réveiller Pénélope pour lui donner la Panacée tout de suite. Vous devez être

épuisé! Voulez-vous repartir chez vous?

L'homme hoche la tête:

– Dès que Pénélope l'aura bue, je rentrerai me reposer. La nuit a été longue, mais je ne pourrai pas me coucher sans savoir si la potion fonctionne!

⚡⚡⚡

Dans la caverne des Krashmals, Fiouze prend son bain dans une bassine.

Ses mains détachées lui font un shampoing vigou-reux. Blizzard est dégoûté par ce qu'il voit.

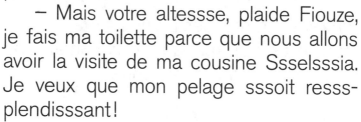

— Tu devrais avoir honte ! rugit le cow-boy. Un Krashmal digne de ce nom ne devrait jamais se laver ! Tu es pire qu'une petite princesse !

— Mais votre altessse, plaide Fiouze, je fais ma toilette parce que nous allons avoir la visite de ma cousine Ssselsssia. Je veux que mon pelage sssoit ressssplendisssant !

Blizzard crache dans la bassine de son assistant :

— Je ne suis pas content qu'elle revienne nous voir, ta cousine ! La dernière fois, elle m'a empoisonné pour me soutirer des secrets!

— Ssselsssia est une exxxcellente Krashmale, patron. Je la trouve inssspirante et je veux être ravisssant pour elle.

— J'ai accepté son retour à la condition qu'elle nous aide à vaincre les Sentinelles, pas pour faire des concours de beauté! Et, puisqu'on parle de ta famille, où est Zigzig, ton cousin incompétent?

Fiouze ricane:

— Il ssse brossse devant le miroir!

Blizzard marmonne un gros juron.

$$\lightning\lightning\lightning$$

Dans la cuisine, Xavier et Mathilde poussent le fauteuil roulant de Pénélope. La femme tousse doucement.

Elle est accueillie par Nestor et les Sentinelles, qui ont un sourire triomphant.

– Alors? demande-t-elle. Avez-vous réussi à préparer la Panacée?

Nestor lui tend le bol sacré, qui contient la potion:

– J'ai suivi la recette à la lettre. Votre remède est maintenant prêt!

– Vas-y, maman, bois-le! l'encourage Xavier. Tu seras enfin guérie!

Sans se faire prier, Pénélope s'empare du bol et boit quelques gorgées. Tout le monde la regarde, curieux de voir les effets du liquide magique.

Pénélope fronce les sourcils. Elle grimace légèrement. Mistral s'inquiète:

— Elle a mauvais goût? Voudrais-tu y ajouter un peu de sucre?

Lumina se tourne vers son frère:

— Ce que tu es bête! On n'ajoute pas du sucre dans une recette aussi délicate et précise que la Panacée!

— Alors? s'impatiente Mathilde. Est-ce qu'elle agit, cette potion?

Soudain, Pénélope pose la main sur son ventre. Elle se met à tousser plus fort.

— Je ne comprends pas, se désole Nestor, découragé. J'ai pourtant bien suivi les instructions. La potion devrait faire effet! Pénélope ne devrait plus avoir de difficultés respiratoires!

⚡⚡⚡

Devant la caverne des Krashmals, Blizzard, Fiouze et Zigzig attendent fébrilement la venue de leur visiteuse.

C'est alors qu'une silhouette apparaît dans les bois. C'est une Krashmale à la fourrure fournie, aux traits délicats et à la longue queue.

— La voilà, chefff! s'exclame Zigzig. Selsia est enfffin revenue!

Zigzig et Fiouze vont saluer leur cousine tandis que Blizzard leur jette un regard méprisant. Puis, le cow-boy s'adresse à la Krashmale:

— Alors, sorcière de malheur! Tu vas vraiment nous aider, ou tenter de m'empoisonner, comme la dernière fois? J'ai besoin d'une alliée, pas d'une rivale!

Selsia a un sourire en coin:

— Tu veux une alliée? Grrrâce à moi, tu vas rrretrrrouver le Krrrashmal le plus méchant de tous les temps pour t'aider dans ta quête !

Blizzard crache par terre :

— Hark ! J'en doute ! Le plus méchant Krashmal de tous les temps, c'était le professeur Pygmalion et il est mort !

— C'est vrai, ajoute Fiouze. Le professeur était vraiment sssuper ! Et les sssales Sssentinelles l'ont détruit ! Il est devenu une grossse momie toute sssèche !

Selsia a un air victorieux :

— Et si je vous disais que je suis capable de le fairrre rrrevenirrr à la vie ?

Fiouze ouvre grands les yeux, impressionné. Blizzard ricane :

— Si tu dis vrai, sorcière, cela signifie que nous allons enfin détruire les Karmadors ! Avec la méchanceté de Pygmalion et son pouvoir d'animer les statues, rien ne pourra nous arrêter !

⚡⚡⚡

Chez les Sentinelles, c'est la consternation. Nestor lit et relit son vieux grimoire du clan du Castor pour s'assurer qu'il a bien respecté toutes les étapes de la préparation de la Panacée.

Magma serre le poing :

— Je ne comprends pas. Nous avons arpenté les quatre coins du monde pour trouver tous les éléments de ce remède miracle. Pourquoi ne fait-il pas effet ? Nous sommes-nous trompés dans les ingrédients ?

Xavier et Mathilde sont affligés.

— Mais, maman, fait Xavier, tu nous avais dit que la Panacée allait te guérir !

Pénélope hoche la tête, l'air soucieux :

— Oui. Et normalement, je devrais me sentir mieux. Les Sentinelles ont réuni tous les ingrédients, et Nestor a suivi la recette. Cela ne peut signifier qu'une seule chose.

— Quoi ? s'inquiète Mathilde.

– Le professeur Pygmalion, qui a créé la maladie qui m'afflige, y a ajouté un élément secret. Un ingrédient qui neutralise la Panacée.

– Un autre ingrédient? l'interroge Mistral. Mais lequel?

– J'ai bien peur que le professeur Pygmalion ait été le seul à le savoir et qu'il ait emporté la réponse avec lui à tout jamais, répond Pénélope.

⚡⚡⚡

Chez les Krashmals, au centre de la caverne, Blizzard s'assoit sur une bûche, près de son crachoir. Il se lisse la moustache, pensif, tandis que les trois autres Krashmals restent debout.

– Tu ne nous as toujours pas dit comment tu allais faire revenir ce cher Pygmalion, sorcière! déclare-t-il.

Selsia a un sourire coquin:

– Dans un vieux livrrre du clan du Rrrenarrrd, j'ai trrrouvé un rrrituel pourrr rrressusciter les momies grrrâce à des ossements de loup!

Chapitre 2

Chez les Sentinelles, Magma s'adresse à ses collègues, dans la salle de contrôle :

– Nous devrions nous rendre aux archives des Karmadors, où est conservée la momie du professeur Pygmalion. Là-bas, nous trouverons peut-être un indice pour nous aider.

– La momie est encore aux archives ? s'étonne Mistral. Pourquoi ne pas l'avoir simplement détruite ou enterrée ?

– Parce que les scientifiques voulaient l'étudier, répond Magma. Pygmalion était un Krashmal unique, vieux de plus de cinq cents ans. Je suis sûr que les Karmadors ont appris plusieurs choses importantes sur l'évolution de nos adversaires grâce à cette momie.

— Je vais avertir les responsables des archives de notre visite pour qu'ils préparent la momie pour nous, dit Gaïa en s'emparant de sa goutte.

— Parfait, rétorque Magma. Mistral et moi allons enfiler des KarmaJets pour y aller. Lumina et Gaïa, je vous charge de veiller sur Pénélope et les enfants pendant notre absence.

— Tu peux compter sur nous! répond Lumina. Si les Krashmals ont le malheur de s'approcher de la base, ils vont goûter à mon rayon lumineux!

⚡⚡⚡

À l'entrée de la caverne des Krashmals, Selsia dépose des os de loup par terre.

— Voilà, annonce-t-elle. Les prrréparrratifs sont prrresque terrrminés.

Blizzard la regarde faire en fronçant les sourcils:

— Je n'aime pas la sorcellerie! grogne-t-il. Mais si cela fait revenir Pygmalion parmi nous, alors je n'ai rien contre ton incantation.

Selsia se tourne vers le cow-boy:

— Mon rrrituel va rrressusciter le prrrofesseurrr à distance. Mais pour rrramener

Pygmalion à la vie, j'ai besoin qu'une perrr-
sonne l'ayant bien connu rrrécite une forrr-
mule magique.

Fiouze lève la main, enthousiaste:

– Moi! Moi! Je le connais sssuper
bien! C'était mon idole, et je lui ai ssserré
la patte, quand il est venu voir Shlaq,
jussste avant que les Sssentinelles le
desssèchent!

Zigzig est impressionné par ce que
raconte son cousin:

– Tu en as de la chance, Fffiouze.
J'aurais bien aimé rencontrer le profffesseur. Sa méchanceté est légendaire!

Blizzard crache sur Zigzig pour le
faire taire:

– C'est moi qui vais réciter l'incantation! J'ai connu le professeur quand
j'étais jeune, alors que mon patron,
le docteur Gorgon, était son protégé.
Pygmalion était comme un grand-père
pour moi!

$\sharp\sharp\sharp$

Devant le bâtiment ultra-moderne des archives des Karmadors, pas très loin de la base des Sentinelles, Magma et Mistral atterrissent, munis de leurs KarmaJets.

Un Karmador à l'uniforme bleu ciel vient les accueillir.

— Bonjour, mes amis. Je suis Percepto, le responsable de cet établissement.

— Salut, Percepto. Je m'appelle Magma, et voici Mistral. Nous sommes venus voir la dépouille du professeur Pygmalion.

— Oui, j'ai reçu un appel de Gaïa à ce sujet. Suivez-moi! Oh, à propos, Mistral, le réservoir de carburant de ton KarmaJet est presque vide. Tu devrais faire le plein avant de repartir.

Intrigué, Mistral regarde le petit cadran des commandes de sa fusée. Il fronce les sourcils.

— Tu as raison ! s'exclame-t-il. J'avais oublié de le vérifier. Mais comment le savais-tu ?

Percepto sourit :

— Grâce à mon superpouvoir. J'ai une vision à rayons X : je peux voir à travers les objets. En regardant ton KarmaJet, j'ai donc perçu l'état de ton réservoir.

⚡⚡⚡

À l'entrée de la caverne, Blizzard s'assoit en indien au milieu des ossements de loup et tente de retenir les paroles magiques que vient de lui apprendre Selsia. Celle-ci a allumé un feu, dans lequel elle a jeté des vers de terre desséchés. Elle entame la cérémonie en clamant à pleins poumons :

– Oh, prrrofesseurrr Pygmalion, entends les parrroles que je crrrie trrrès forrrt ! Je m'appelle Selsia, et je te demande de rrrevenirrr d'entrrre les morrrts !

Derrière elle, Fiouze et Zigzig ont enfilé des masques cérémoniaux à l'effigie du renard. Ils dansent lentement autour du feu en marmonnant des formules occultes. Les flammes projettent leurs ombres fantastiques sur les parois de la caverne.

Blizzard est nerveux. Il chuchote à Selsia :

— Je n'aime pas cette cérémonie. Ma mère m'a toujours dit que la magie portait malheur. Es-tu sûre de ce que tu fais, sorcière?

Dans le bâtiment des archives des Karmadors, Mistral et Magma suivent Percepto jusqu'à une salle aux murs de céramique. Au centre de celle-ci, la dépouille desséchée de Pygmalion a été déposée sur une table.

Mistral frémit en voyant la momie:

— Déjà qu'il était inquiétant de son vivant; maintenant, il a l'air terrifiant!

Magma soupire:

— Arrête de le craindre, Mistral. Pygmalion est décédé.

Puis il se tourne vers son hôte:

— Percepto, nous sommes à la recherche d'un ingrédient secret que le professeur aurait utilisé dans ses formules chimiques. J'ai besoin d'entendre tout ce que vous savez sur lui.

Le Karmador hausse les épaules :

— Le fruit de nos recherches a été ajouté à l'encyclopédie des Karmadors, que tu peux consulter grâce à ta goutte. Peut-être l'as-tu déjà lue ? Je te remettrai aussi les quelques objets qui étaient en sa possession.

— Quels objets ? s'intéresse Magma.

Percepto s'empare d'un petit sac, posé à côté de la dépouille.

— Tiens. Au moment de sa mort, Pygmalion possédait quelques pièces de monnaie, un portefeuille de cuir et, bien sûr, son chapeau. Je peux également te confier son cœur rabougri et desséché, que nous avons conservé dans un acide spécial.

— Son cœur? répète Mistral. Voilà quelque chose qui intéresserait Xavier, pour son musée des Sentinelles!

Magma prend le sac et serre la main de Percepto:

— Merci. Nous allons étudier tout ça dans notre laboratoire.

Chez les Krashmals, la cérémonie bat son plein. Fiouze et Zigzig, toujours affublés de leurs masques, dansent frénétiquement pendant que Selsia nourrit le feu d'insectes séchés. Blizzard, assis par terre, est de plus en plus nerveux. Selsia le rassure:

– Ne t'inquiète pas. Dans quelques heurrres, la momie de Pygmalion va s'animer!

– Mais ce n'est pas une momie que je veux, c'est le professeur lui-même! répond le cow-boy.

– Dès que la momie aurrra rrre-trrrouvé son cœurrr, le prrrofesseurrr Pygmalion rrrenaîtrrra!

– Son cœur? s'étonne Blizzard. Mais où se trouve-t-il?

– La momie le saurrra. Quand elle va se rrréveiller, dans les arrrchives des Karrrmadorrrs, elle serrra guidée verrrs son cœurrr comme un papillon de nuit verrrs la lumièrrre! Maintenant, tais-toi, et rrrécite les incantations que je t'ai apprrrises!

$$\frac{4}{4}\frac{4}{4}$$

Magma et Mistral rentrent à la base des Sentinelles avec les objets et le cœur de Pygmalion. Gaïa et Lumina viennent à leur rencontre.

— Alors? demande Lumina. Avez-vous découvert un indice sur l'ingrédient secret de Pygmalion?

Le Karmador blond sort de son sac un bocal de verre contenant une petite boule marron foncé, ressemblant à un gros raisin sec.

— Regarde! dit-il. C'est son cœur! Nous allons l'examiner au microscope.

Lumina grimace devant la relique. Magma ouvre le portefeuille du Krashmal.

Il en extrait un morceau de papier plié en quatre, sur lequel rien n'est écrit.

— Ce Pygmalion n'a pas laissé grand-chose derrière lui! maugrée le Karmador. Comment parviendrons-nous à trouver ce que nous cherchons avant que Pénélope dépérisse?

$$\text{⚡⚡⚡}$$

Autour du feu, Blizzard récite son incantation, tandis que Fiouze et Zigzig dansent autour de lui:

— Oh, grand Pygmalion! Ouvre tes paupières sèches, remboîte tes os et gonfle tes poumons! C'est moi, Blizzard, ton compagnon! Viens à moi, vieux fripon! Évade-toi de ta prison!

Le cow-boy agite une plume de vautour et poursuit le rituel:

— Récupère ton cœur et avale-le tout rond! Tu retrouveras ta vigueur et ton ambition! Et ensemble, nous triompherons!

Derrière son chef, Fiouze s'arrête, essoufflé:

— Je sssuis fatigué de danssser. Et il fait drôlement chaud sssous ce masssque! Est-ce que je peux me reposer un petit peu?

— Tais-toi et danse! rugit Blizzard.

Selsia jette un dernier ver desséché dans les flammes. Le feu devient rouge écarlate et baigne la caverne d'une lumière inquiétante. Les Krashmals poussent un hoquet de surprise:

— Je crrrois que ça y est! s'exclame Selsia. La momie va se rrréveiller!

⚡⚡⚡

Dans son bureau, Magma examine le morceau de papier de Pygmalion avec une loupe. Il n'y trouve rien: la feuille est entièrement blanche.

Xavier arrive à la porte. Le Karmador pose sa loupe et invite le garçon à entrer :

— Salut! Alors, comment va ta mère?

— Elle tousse beaucoup, répond Xavier, préoccupé. Avez-vous trouvé l'ingrédient secret de Pygmalion?

— Pas encore. J'espérais découvrir un indice sur ce morceau de papier, mais il est vierge. Le professeur n'a rien écrit dessus.

Xavier inspecte la petite feuille. Il la renifle et la retourne dans tous les sens. Le Karmador hausse un sourcil :

— Vois-tu quelque chose que ma loupe n'a pas décelé?

Le garçon est agité :

— Magma, as-tu du feu? Je crois que j'ai une idée!

Le Karmador ouvre un tiroir et en sort un briquet. Il l'allume devant Xavier. Ce dernier passe doucement le papier au-dessus de la flamme, assez loin pour éviter qu'il ne prenne feu, mais assez près pour le faire noircir.

— Fais attention! Tu vas te brûler! dit Magma.

C'est alors que le Karmador remarque quelque chose d'inusité : des lettres apparaissent sur le morceau de papier!

Xavier trépigne de joie :

— Voilà! C'est de l'encre invisible! J'en ai déjà concocté avec du jus de citron!

Pygmalion ne voulait pas qu'on lise cette information!

Magma examine la petite feuille, ravi. Il y reconnaît les lettres et les symboles qui la garnissent:

— Tu as raison! C'est une formule chimique complexe! Le professeur devait s'en servir assez souvent pour la traîner partout avec lui!

⚡⚡⚡

Dans la salle aux murs de céramique des archives karmadores, Percepto éteint les lumières et ferme la fenêtre. Le Karmador retourne à son bureau en sifflotant.

La dépouille de Pygmalion est toujours sur la table, au cas où les Sentinelles auraient besoin de l'examiner de nouveau.

Soudain, le corps remue légèrement. Son petit doigt se met à bouger!

Puis, avec un faible crissement, les paupières de la momie s'ouvrent sur de grands yeux noirs. Le professeur revient à la vie!

Chapitre 3

À la base des Sentinelles, Lumina et Gaïa sont à l'infirmerie. Elles font respirer de l'oxygène à Pénélope à l'aide d'un masque.

Pendant ce temps, Magma est à son ordinateur, en train d'analyser la formule de Pygmalion. Comme il est chimiste de formation, le chef des Sentinelles est bien placé pour en découvrir les secrets.

Dans la cuisine, Xavier pose sur le comptoir le bocal contenant le cœur de la momie. Il observe, fasciné, le petit organe noirci et ratatiné. Normalement, le garçon s'empresserait d'ajouter cette relique à sa collection de souvenirs, mais il est trop préoccupé par la santé de sa mère.

Au salon, Mathilde joue distraitement avec sa corne de licorne tandis que Mistral se tourne les pouces.

— Alors, quand va-t-on savoir si nous tenons l'ingrédient secret? demande la jeune fille.

Le Karmador hausse les épaules:

— Je n'en sais rien. Mais tu peux avoir confiance en Magma pour découvrir la clé de la formule que ton frère a trouvée. C'est un excellent chimiste!

— Je déteste attendre, dit Mathilde. J'ai besoin de bouger!

Mistral se lève et lui tend la main:

— Alors, viens avec moi. Allons nous défouler au gymnase! On peut jouer au basket, si tu veux.

– D'accord! Je vais chercher Xavier!
lance Mathilde en posant sa corne.

🗲🗲🗲

Chez les Krashmals, Fiouze et Zigzig
boivent un grand verre de sirop de sang-
sues pour se désaltérer après leur danse.
Sur le seuil de la caverne, Blizzard regarde
dehors en faisant les cent pas.

– Je n'aime pas attendre, rugit le
cow-boy. Dis-moi quand Pygmalion sera
ici, sorcière!

Selsia soupire:

– Tu es drrrôlement impatient, toi!
Laisse le temps à la momie de venirrr
jusqu'à nous.

Blizzard grimace:

– Tu ne m'as pas entendu? Je n'aime
pas attendre! Zigzig! Fiouze! Venez! Nous
allons monter dans le chariot puant pour
retrouver Pygmalion…

— Mais je suis fffatigué, se lamente Zigzig. Je n'ai pas envie de conduire le camion !

— C'est vrai, patron, poursuit Fiouze. Laisssez-nous reprendre notre sssouffle !

Furieux, Blizzard crache sur ses deux assistants.

— J'ai dit tout de suite, bande de fainéants !

⚡⚡⚡

Dans un champ, une silhouette élancée marche d'un pas maladroit. Elle s'éloigne du bâtiment des archives karmadores, duquel elle s'est échappée par une fenêtre. La lune éclaire sa peau blanche et rabougrie.

La dépouille de Pygmalion, au visage parcheminé et aux yeux noirs, respire bruyamment. Elle avance les bras tendus, en marchant en direction de la base des Sentinelles.

– Cœur! susurre-t-elle. Cœur!

⚡⚡⚡

Penché sur son clavier, Magma prend un air triomphant:

– Ça y est! Je crois que j'ai déchiffré la formule!

Gaïa le rejoint en courant et regarde l'écran d'ordinateur.

– Alors? demande-t-elle, anxieuse. Avons-nous une chance de sauver Pénélope?

Le Karmador hoche la tête:

– Si mes calculs sont bons, je peux développer un agent qui va neutraliser l'ingrédient de Pygmalion et rendre la Panacée efficace!

✦✦✦

Le camion de Zigzig roule bruyamment sur une route de campagne. Ses phares brillent dans la nuit.

— Elle est où, cette momie? rugit Blizzard. Je n'y vois rien, moi!

Fiouze et Selsia scrutent les environs par les fenêtres.

Leurs yeux de renards n'ont aucune difficulté à percer l'obscurité.

— Elle n'est pas à drrroite, dit Selsia.

Soudain, Fiouze tape dans ses mains :

– Là ! À gauche ! Je dissstingue quelque chose !

Zigzig tourne le volant pour se diriger vers une silhouette qui avance lentement dans un champ.

Blizzard ricane :

– Hark ! Hark ! Hark ! Je le reconnais ! C'est le professeur Pygmalion !

⚡⚡⚡

Au gymnase des Sentinelles, Mistral, Mathilde et Xavier se reposent après leur partie de basket-ball.

Mistral s'essuie le front à l'aide d'une serviette, puis déclare :

– Ça fait du bien de bouger un peu, hein, les enfants ?

Mathilde et Xavier approuvent.

– Vous voulez prendre une collation

avant de vous coucher? demande le Karmador. J'ai une faim de loup!

♦♦♦

Dans l'herbe haute, la momie de Pygmalion marche toujours en tendant les mains. Le camion des Krashmals s'arrête devant elle.

Blizzard en sort rapidement, un sourire mauvais sous sa moustache. En remarquant le visage émacié de la momie, le cow-boy crache par terre:

— Malédiction! Tu es devenu drôlement laid depuis la dernière fois que je t'ai vu, Pygmalion! Tu ne me reconnais pas? Je suis Blizzard! L'assistant du docteur Gorgon!

La momie ouvre grande la bouche et laisse sortir un râle d'outre-tombe:

— Cœur! Cœur! dit-elle en avançant.

Blizzard regarde dans la direction vers

laquelle semble progresser le cadavre ambulant :

— Ma foi, il se dirige vers la base des Sentinelles ! grogne-t-il.

Le cow-boy prend la momie par le bras :

— Monte avec nous ! Tu arriveras plus vite à destination dans notre chariot !

Chapitre 4

Dans son laboratoire, Magma mélange des liquides à l'aide d'instruments de haute précision. Gaïa, qui l'assiste, regarde sa montre :

— Je vais aller voir comment se porte Pénélope, annonce-t-elle. Je reviens dans quelques minutes.

Dans la cuisine, Mistral et les enfants se font des sandwichs à la confiture. À côté d'eux, dans sa cage, Carnaval le cardinal est endormi. Sur le comptoir, le bocal contenant le cœur de Pygmalion est toujours là.

— Ce cœur, il me coupe un peu l'appétit, avoue Mistral.

Au salon, Lumina essaie de se changer les idées en lisant un magazine.

Quant à Pénélope, elle est couchée dans son lit et dort d'un sommeil agité. Elle rêve à un vieil ennemi… le professeur Pygmalion, le Krashmal qui a aidé à développer la maladie qui la ronge.

⚡⚡⚡

Dans le camion de Zigzig, Fiouze est assis près de la momie. Le Krashmal velu est nerveux en regardant le cadavre animé, mais tente de faire la conversation :

— Euh, professseur ? Est-ce que vous

me reconnaisssez? Je vous ai ssservi une tasssse de sssirop de sssangsssues, la dernière fois qu'on sss'est vus!

La momie ne répond pas. Fiouze est mal à l'aise. Au volant, Zigzig ne cache pas sa joie:

— Ça me fffait drôlement plaisir de vous rencontrer, profffesseur! Fffiouze m'a beaucoup parlé de vous!

Pygmalion se contente de regarder devant lui, en râlant:

— Cœur! Cœur!

Blizzard s'impatiente :

– J'ai diablement hâte que cette momie le retrouve, son satané cœur ! Je commence à être fatigué de l'entendre !

– Nous arrrivons à la base des Sentinelles, annonce Selsia. C'est sûrrrement là que le cœurrr se trrrouve ! Dès que le prrrofesseurrr l'avalerrra, il rrrdeviendrrra enfin lui-même !

⚡⚡⚡

Lumina, dans le salon, remarque les phares d'un camion qui s'approche.

« Je me demande qui vient nous visiter à cette heure », se dit-elle.

⚡⚡⚡

Dans sa chambre, Pénélope se réveille brusquement. Gaïa, qui est à son chevet, lui prend la main.

— Je crois que tu as fait un cauchemar, la réconforte la Karmadore.

Pénélope fixe Gaïa, le front couvert de sueur.

— Il y a une présence maléfique qui nous menace, chuchote-t-elle. Vite! Il faut détruire le cœur avec un objet magique!

— De quoi parles-tu? s'inquiète Gaïa. Quelle menace?

Le camion de Zigzig s'arrête devant la base et laisse sortir la momie.

Celle-ci se dirige vers la maison, les bras tendus.

– Cœur! Cœur!

– Ouf! soupire Fiouze. J'avais hâte qu'il sss'en aille, le professseur. Il me donne des frisssons.

Blizzard se lisse la moustache:

– Pygmalion se dirige vers l'arrière de la maison, poussé par son instinct de momie. Je suggère qu'on fasse une diversion à l'avant! Ça va détourner l'attention des Sentinelles pendant qu'il pénètre à l'intérieur pour trouver son cœur!

– Attaquer les Sentinelles? Encore? demande Zigzig. Je ne me suis même pas remis des piqûres d'abeilles de mon dernier afffrontement contre la fffillette!

— Venez avec moi, bande d'incompé-
tents! rugit le cow-boy en descendant
du camion.

$$\text{↯↯↯}$$

Par la fenêtre, Lumina aperçoit les
Krashmals qui s'approchent. Elle ne
remarque pas la momie, dissimulée par
un arbre. Elle active aussitôt sa goutte
pour avertir ses collègues:
— Blizzard et ses amis sont là! Alerte
rouge!

Magma, dans son laboratoire, dépose délicatement ses instruments. L'ingrédient qu'il prépare est instable, il ne faut pas que les Krashmals en sabotent la confection! Il saisit sa goutte:

— Message reçu. Occupez-vous d'eux le temps que je range mon matériel!

Dans la cuisine, Mistral fait signe aux enfants d'aller se réfugier au sous-sol. Mathilde refuse:

— Nous n'irons pas nous cacher sans notre mère!

Mistral lève le doigt avec autorité:

— Ne discute pas avec moi! Va te cacher avec ton frère! Je vais m'occuper de votre mère...

Les enfants obéissent de mauvais gré. Mistral grimpe les escaliers vers la chambre de Pénélope.

Gaïa aide Pénélope à sortir de son lit:

— Viens avec moi dans la pièce de sécurité au sous-sol, dit la Karmadore.

— Le cœur! Je vais faire une incantation…

— La femme se met à tousser et perd connaissance. Gaïa l'attrape de justesse. Mistral les rejoint, inquiet.

— Que s'est-il passé ? demande-t-il.

— Elle est très faible. On dirait qu'elle délire. Elle n'arrête pas de parler du cœur de Pygmalion qu'il faut détruire à tout prix.

↯↯↯

Dehors, Blizzard et ses trois compagnons marchent vers l'avant de la maison, très visibles.

— Nous sommes venus régler nos comptes, Sentinelles ! hurle le cow-boy. Venez vous battre !

Pendant ce temps, la momie se dirige silencieusement vers la cuisine, attirée par son cœur. Ce dernier flotte dans un bocal, posé sur le comptoir, à côté de la cuisinière.

⚡⚡⚡

Dans l'entrée, Lumina interpelle ses amis :

– Je n'aime pas ça! Les Krashmals sont trop confiants! Je crois qu'ils cachent quelque chose!

⚡⚡⚡

Dans les marches de l'escalier qui mènent au sous-sol, Mathilde s'arrête. Son frère la regarde, intrigué :

– Pourquoi t'arrêtes-tu? Tu as entendu Mistral, nous devons nous cacher!

Mathilde secoue la tête, surprise :

— C'est maman ! On dirait… On dirait qu'elle vient de me parler dans ma tête. Comme par télépathie !

Xavier ouvre grands les yeux :

— Quoi ? Mais tu divagues !

Sa sœur prend un air déterminé :

— Non, je suis sûre de ce que je dis. Je dois retourner en haut. Maman m'a expliqué quoi faire. Il n'y a que moi qui puisse sauver les Sentinelles !

La momie fracasse une fenêtre de la cuisine. Puis elle y passe la main pour déverrouiller la porte et entrer dans la maison.

Mathilde, qui vient de remonter, entend le bruit.

« Je dois faire vite ! » se dit-elle, tandis qu'elle court au salon.

✦✦✦

Dehors, Blizzard et les siens sont prêts à affronter les Karmadors.

Fiouze est nerveux :

– J'esssère qu'elle va faire vite, la momie du professseur, parce que sssinon, on va prendre une râclée!

Le cow-boy fronce les sourcils:

– Tu avais peur de la momie il y a quelques minutes et, maintenant, tu as hâte qu'elle revienne?

– C'est parce que je redoute plusss les Sssentinelles que le professseur!

Dans l'ascenseur, Mistral descend en portant Pénélope dans ses bras. Il croise Xavier, au sous-sol.

– Mais où est passée ta sœur? demande le Karmador.

Xavier indique le plafond:

– Elle est remontée vous sauver.

Mistral s'empresse de déposer Pénélope dans la chambre forte et retourne en haut à toute vitesse.

Sur le perron, Lumina et Gaïa se tiennent prêtes à repousser les Krashmals.

— Je vous avertis, vous allez goûter à mon rayon! les menace Lumina.

Fiouze et Zigzig frémissent. Ils se rangent derrière Blizzard pour se faire plus discrets.

Le cow-boy grogne à ses assistants:

— Bande de lâches! N'avez-vous pas une once d'orgueil en vous, chacals?

Les deux Krashmals font « non » de la tête.

⚡⚡⚡

Au salon, Mathilde fouille frénétiquement sur le divan. Elle trouve ce qu'elle cherchait sous un coussin.

Elle s'empare de sa corne de licorne. Puis, sans perdre une seconde, elle fonce vers la cuisine.

⚡⚡⚡

Lumina tend la main vers les Krashmals.

— Un pas de plus et je vous éblouis!
annonce-t-elle.

Zigzig, Fiouze et Selsia s'immobilisent
aussitôt. Blizzard a un sourire en coin :

— Tu ne me fais pas peur, Karmadore!
Car bientôt, j'aurai le Krashmal le plus
méchant de tous les temps à mes côtés!

Mistral rejoint sa sœur.

— Retourne sur tes pas, Blizzard! crie-
t-il. Tu ne fais pas le poids contre nous
trois!

⚡⚡⚡

Dans la cuisine, la momie réussit à
ouvrir la porte.

Mathilde arrive en courant, armée de
sa corne.

— Cœur! Cœur! fait le monstre.

Rassemblant tout son courage, la jeune fille se jette sur le comptoir et attrape le bocal qui contient l'organe ratatiné.

Sans hésiter, elle ouvre le contenant et le déverse par terre. La momie allonge les bras en poussant un râle.

De ses longs doigts pointus, le revenant s'empare du cœur. Il porte l'organe à sa bouche, prêt à l'avaler.

Mathilde brandit sa corne et s'élance sur Pygmalion. Elle enfonce son pieu dans la main de la momie, transperçant son cœur dans le même élan.

Le cadavre ambulant se raidit:

— Nooooooooon! siffle-t-il en se transformant en poussière sous le regard satisfait de Mathilde.

La jeune fille se laisse tomber par terre, soulagée.

— Je l'ai eue! Maman! J'ai anéanti la momie! s'écrie Mathilde, fière d'elle.

Chapitre 5

Dehors, Blizzard et ses assistants regardent les Karmadors avec haine. Mistral entend Mathilde crier derrière lui. Il se tourne vers la porte :

— Mathilde! Va te cacher avec ton frère immédiatement!

Plutôt que d'obéir, elle vient rejoindre les Sentinelles, sûre d'elle :

— J'y vais, mais dites aux Krashmals que j'ai détruit leur sale momie!

— De quoi parles-tu? demande Mistral. Où ça, une momie?

Fiouze, qui a l'ouïe très fine, tire la manche de Blizzard :

– Patron ! La grenouille aux cheveux orange vient de dire à Missstral que le professseur sss'est fait zzzigouiller !

Blizzard pousse un grognement :

– Es-tu sûr de ce que tu dis, assistant de malheur ?

Fiouze s'adresse à Mistral, au loin :

– Eh ! Vilain Missstral ! Est-ce que j'ai bien entendu que notre momie est fichue ?

Les Sentinelles se regardent entre elles, confuses. Mathilde est ravie de lui répondre :

– Oui! Le professeur ne viendra plus jamais nous hanter!

– Sssacrilège! siffle Fiouze. Patron, nous n'avons plus de raison de ressster ici. Je n'ai pas envie de me battre pour une cause perdue!

En donnant un coup de pied dans l'herbe, Blizzard rebrousse chemin. Ses trois compagnons le suivent rapidement.

Sur le perron, les Sentinelles se tournent toutes vers Mathilde:

– Qu'est-ce que c'est que cette histoire de momie, demande Gaïa. Et d'abord, où est-elle?

– J'aimerais bien vous la montrer, mais elle s'est transformée en poussière! déclare gaiement Mathilde.

⚡⚡⚡

Chez les Krashmals, Blizzard s'assoit sur une bûche, de très mauvaise humeur.

Zigzig se tient loin du cow-boy.

— Quand il est comme ça, confie Zigzig à sa cousine, il me crache dessus comme un maniaque. Il a très mauvais caractère, le chefff.

Selsia hausse les épaules :

— Je sais. Mais ce n'est pas grrrave. Nous allons tout de même trrriompher. J'ai eu une vision, dans le camion.

— Ah oui ? s'étonne Zigzig. Laquelle ?

Selsia a un sourire malicieux :

— J'ai vu Blizzarrrd se souvenirrr de l'emplacement de l'eau de Kaboum.

Magma, dans son laboratoire, finit de mélanger son produit chimique, sous le regard fasciné de Gaïa.

— Ça y est, dit le chef des Sentinelles. J'ai terminé. En ajoutant ceci à la Panacée, nous allons annuler l'ingrédient de Pygmalion. Tu peux avertir Pénélope que tout est prêt, elle va pouvoir boire la potion.

Gaïa pince les lèvres :

— Elle est à l'infirmerie. Elle n'a toujours pas repris conscience.

***

Devant la caverne, un camion noir s'arrête. Un Krashmal musclé muni de cornes descend du véhicule, une grosse boîte dans les mains.

Zigzig vient l'accueillir :

– Salut ! Que veux-tu, Krashmal cornu ?

– J'ai un colis pour Blizzard. De la part du professeur Nécrophore.

– Donne-le-moi, je vais le lui apporter, suggère Zigzig.

Le gros Krashmal refuse catégoriquement :

– Pas question. Je dois le remettre en mains propres. Ce paquet est trop important pour être confié à un assistant.

Zigzig soupire :

– Bon, alors je vais aller le chercher. Mais je vous avertis, il est de mauvaise humeur. Il se peut fffort bien qu'il vous crache dessus !

Le Krashmal a un sourire mauvais :

– Quand ton chef va ouvrir son colis, il sera ravi. Crois-moi !

⚡⚡⚡

À l'infirmerie, tout le monde est au chevet de Pénélope, couchée sur le dos. La femme est dans le coma.

Nestor Brochu, qui est revenu aider les Sentinelles, mélange une goutte du produit de Magma à la Panacée, puis brasse le tout avec le bâton d'Hippocrate. Lorsqu'il a terminé, il tend le bol à Magma.

Méticuleusement, le Karmador verse le liquide dans un cathéter à l'aide d'un entonnoir, pendant que Gaïa place une aiguille intraveineuse dans le bras de Pénélope.

Mathilde et Xavier assistent à l'opération, le regard anxieux. Mistral et Lumina tapent du pied, nerveux.

Une fois le cathéter en place, la potion coule tranquillement par un tube et est injectée dans le bras de Pénélope. Les Sentinelles surveillent les signes vitaux de cette dernière.

Rien ne se passe. Mistral se tourne vers Magma :

— Crois-tu que ton produit a fonctionné ? Peut-être t'es-tu trompé dans la formule ?

Soudain, Pénélope ouvre les yeux.

— Maman ! s'écrient Mathilde et Xavier. Tu es réveillée !

Faiblement, Pénélope sourit:
– Je… je crois que je vais mieux.

Table des matières

Dans le prochain tome...

La vengeance des Krashmals
(Première partie)

Dans la petite ville de Sainte-Liberté-du-Cardinal, quatre Karmadors protègent les citoyens contre les méchants Krashmals. Ce sont les Karmadors de la brigade des Sentinelles!

Il y a très longtemps, Blizzard le Krashmal a trouvé la cachette de l'eau de Kaboum. Heureusement, une shamane de l'époque a fait l'invocation du Grand Oubli pour qu'il perde la mémoire.

Le cow-boy est maintenant déterminé à retrouver ses souvenirs pour enfin boire l'eau de Kaboum et devenir invincible. Son plan : forcer Pénélope à annuler le sortilège qui l'afflige!

Grâce à Selsia et au professeur Nécrophore, Blizzard a une arme secrète pour neutraliser tous les Karmadors, afin d'avoir la voie libre pour réaliser son plan diabolique.

Sans l'aide des Sentinelles, Xavier et Mathilde sauront-ils défendre leur mère contre Blizzard? Le cow-boy maléfique retrouvera-t-il la mémoire? Et qui rendra aux Karmadors leurs pouvoirs?

Dans la série La brigade des Sentinelles :

La mission de Magma, Tome 1
Le secret de Gaïa, Tome 2
Le souffle de Mistral, Tome 3
L'éclat de Lumina, Tome 4
Les griffes de Fiouze, Tome 5
L'ambition de Shlaq, Tome 6
La ruse de Xavier, Tome 7
La piqûre de Brox, Tome 8
L'aventure de Pyros, Tome 9
Le médaillon de Mathilde, Tome 10
La visite de Kramule, Tome 11
Le défi des Sentinelles – 1re partie, Tome 12
Le défi des Sentinelles – 2e partie, Tome 13

Dans la série La maladie de Pénélope :

Le mal de Pénélope, Tome 14
L'énigme de la Panacée, Tome 15
La colère de Blizzard, Tome 16
La caverne de Philippe, Tome 17
Le repaire de Sliss, Tome 18
Le donjon de Pestilä, Tome 19
Le laboratoire de Moisiux, Tome 20
Le bâton d'Hippocrate, Tome 21
La momie de Pygmalion, Tome 22

AUG 10

Sources Mixtes
Groupe de produits issu de forêts bien
gérées et d'autres sources contrôlées.
www.fsc.org   Cert no. SGS-COC-2624
© 1996 Forest Stewardship Council

FSC

Achevé d'imprimer
en avril deux mille dix, sur les presses
de l'imprimerie Gauvin, Gatineau, Québec